Lontano

浅瀬に浮かぶ蓮
ただよう星の屍骸
それもまた朽ちかかって
草のとなりに

雪
凍える指は
柚さきをたどり
薄明
ではなく、 朝の音楽
森へ

雁が音
五時になり、その日は
ずっと数字ばかり
たとえばステンレス製の記号を象ったそれのことだが
視線がおいつかないでいた
よくみかける（と彼らがおもいこんでいる）
冬の光景

古代の犀の化石標本を
むこうの島まで観察しにいった
もちろんレプリカだったのだが、関節には
奇数が食ませてある
材質のわからない皮膚や角質のあらゆる部分を
色彩が埋めつくしている
わたしはそのことを驚歎に値すると
認識した

ここまでの recitativo は
おそらくウシツツキによるものである

七号棟から
落葉の浮いたプールが眺められた
ほかにも蜂の巣が
植物にからみついた莨をすう鰈の卵巣のように
たれさがって
馬の首や、紙の吐息など
つめたい額にひらいたひかる茸
果樹園
ふるえる耳も

肌に霜蕨のあざ
ながく物語をわずらわせていた女
遠く、それは
どのような光りのなかで
いったい
頁を捲る音が
凍りついた和音のみが
たれた乳房のやわらかそうな
表面に
とどまっている

氷食症について

わさびの腮に喰らいつくどうぶつ
そう、それはあくまでも味覚との戦いなのだった
つめたい金属質のあまやかな
とてもしずかな海に
舌や歯を
浸しているワラビーかワラルー

一冊の重たい
手頸からさきへとのびていく
豆科植物の蔓が
表紙に描かれた筆記体の、読みかたのわからない
文字をからめとる
それが文字だという確証でもあるのか
けむたい
咳がとまらず、涙も
あふれてきた
博物学者が残した単眼鏡に
レンズに太陽光が

カリフラワーの
花だという部分が変色しているの
だが黝く
五角形か六角形か、 四阿に
あつまってくる小禽と
雲を縒りあわせた
やわな舟には黴が繁茂し
図書室はいつでも彼らの気配におびえ
季節の腐蝕を滞らせている
と、 している

抗ヒスタミン作用だ
すばるは
あまり計算が得意ではなく
おどけたふうに
睡蓮の
しらべたところによると
trypophobia だとか、そのはじまりは少し

強調しておく必要があるのだろう
これを書きつける
帖面の薄黄いろの罫線を気に
しなければ
ならないとしたら
結わいた髪から
脱脂粉乳だとか笑えそう

葬禮に参列すべきか
たれた袖ぐちよりとりだされた袱紗
臙脂の絹の、たくさんの
肖像をおさめた
ただしい折れ目に
グッピーのあざやかな臀鰭が
はさまれているのだよ

どこからか汽笛
もしくは、あるいは、とかぜに
嬲られている泡は
まぶたのそとへと飛びだした蠶なのか
それとも瀧のしぶきなのか
はたして郵便屋の噴かす諸らしき
おたまじゃくしが降る
影は消え
錯視のうらへ
しのばせた蕎麦殻の枕だ
汗をすいつづけてにおいやか

待ちつづけていた春へ
いくつもの球体を潜って盗んでいった
しなやかな時空
からみついた髪を、舐め
しらんだ歌声がいまにも滲んでいく
滴のした
それともその中央に
その
にぎやかな海へとあふれる
むらさきの果汁

苦しんでいたわけではない
硝子質の

トマト
あってもなくてもかまわない
犂
魚卵、いまも印刷機はふるえているし
ペガサス
雪に埋もれた既視感、サバンナ
鎮痛剤や防波堤
停電にいたるまでの遍歴を
てのひらに乗せている
迷鳥
白貂のフェイクファーの手袋
そこだけ陥没している
いつも、煙たそうにしていたあなた
土産物はだいたい

片眼をつぶっても遠慮がない
まるで猿の幼獣みたいだ
線のさきに
燈された
甥

鏡のなかのチェロはいったいどんな
なかば蕩けた裸体を陽に曝し
あの禿頭のたつ曇り空を歩むのか
あえぎ、涎もたらす
やぶけた膚をなめらかに舞う
その音のこと
それか紐のことを

翠の鹿か
蒼い牛かはしらないが
のどかに傾いた井戸や樹木の
しらんだ影に、 ただ濡れた鼻づらのさきの軛から
口蓋垂のあかあかと燃えるのを
また罵っていた
きつくにおいが残る

いくたびもの中断や隔絶

または氷解することへの諦念と絶望こそが
昼か夜かの境目にたつ苦悩をしって

このこまかな主題を破棄し
跳ねあがる色彩、水疱を潰す棘の多いゴシック建築群、蛇行して
停止線をまたぐ
消しゴム
つかったことのない思念を撚り

鉄橋をかけ、麻酔科医や映写技師の埃の積もった
馬蹄譜をたどる
腐敗した終焉のある尖端に貨物船の巨大なあくびが
とり憑いて、胸郭のうちで安らぐ
収容所をかねた駅舎の裏に
水槽のなかの人魚語を話すひとびとと
失われた魔法によって
廃村とパンを
セメント中毒に変える牽引機のある
豹、劇場
そこで演じられるのは、ひしゃげた空き罐のような生
牛脂だけが泛かぶ空、matinée
プロペラ、枯れた茅が戦いでいるしろく
またたいた日蔭で、痒い背をなだめてほしい

気のぬけた炭酸のような凡庸な死罪

潮だまりのふくれた
軟体動物を

銀がはえた穀物の山に雑ぜ、
すずしい貌が爆ぜるの

菫いろの雨が
茱萸
北の島では降っている
いや、黒砂糖の塊が
たかく煙突のうえの鸛の巣にひっかかっているのだ

消えたヴィデオテープ、そう
いまでは誰も憶えているものはいないだろうその
磁気テープの表面には
たとえばWozzeckと、それは夢の
名であるが
変節したインソムニアの断片に
配電盤のつめたい扉にはさまれた廿日鼠のこげた屍骸といっしょに
いく条かの国境線が翳られた痕を惨たらしく
露わにさせている

補遺より
所有について洟をたれています
忘れたころに
いっぽんの吾亦紅が

線路を渡りそこねた艸亀を
地図のうえで遊ばせる
めくれあがった四隅をたどるのは
おまえの娯しみだったか
蟻酸がたつ

おわりに
カメラが点滅しているようだ

用水路を流れていくのは
笹舟ではなく
能管
単語帖は河のきいろ
こあきない

粉塵の村で
はながみを啜る首だ

みず飴をねり
膠を喰い
畠鼠を追う叔父は
洋蘭のかたわらでレタスを毟り
戸籍を染める

ああ、あざやか
鱗のこわいろ
丸眼鏡をかけた獣医の
赤くも黒くもない
透明な首

それにしても
突然、目の覚めるようなできごとが
ある啓示として顕れたとき
酩酊することを厭う
だが、そのかわりにオカルトを
好むものだとは想像してもいなかった
湖面をすべる陰謀論や
弱音器つきの心霊現象も
薄くひらたい
虫たちの呼気を乱反射する円窓に
映りこんだ休憩を
まちわびる
固形のメガロパについて
紅茶を飲む女

彼らの声が誘きよせられている録音物
無頭スフィンクスの耳の裏がわ
催奇性のある流体
サッフォーは
黥のある
死刑執行人の恋人

土星のつめたい大気を游泳する幻覚にとらわれている

グワカマーヨがくわえた真珠
または艶めく欺瞞か
ふてくされた生乾きの矜恃
なれのはて、誕生石の欠片がきらめき
海、それか湖の皺のあいだに
ふきだまっていく
ひそむ鮫
それも罅われて
カナリア諸島へと飛びたったひと
ふたりがしたためあった絵葉書
潮風がインキを翳めさせ
にぎやかな彼ら
盗賊鷗の群れを呼ぶ

聖フローリアンへの紙の記憶、
その漂泊する歌声が、冷たい石壁にすいついている
かずかずの骨は唱える
幾たびも隠された経過、または
牧人の嗚咽を
綿菓子は崩れさせ
スネアドラムが遠くでうちならされている
峡湾を流されて紙幣の
双子の惑星をうつす窓にも
バクテリアが巣喰う

瞑想（arcana）

ゴチック体のみによって記される
すべて木曜日からはじまった
大文字の牛乳が
ニクロム線を流れていく
デヴォン期の
反無音
時刻表に穿たれている

彼らはまたしても地下へと降り
錆びた拳銃をにぎり、傴僂の顳顬に銃口をあて

土埃に蔽われたあとで
そして、それが風であることを知った

カーテンはやや
やや埃をかぶって
割れた窓を
ふく見慣れたわたしの
手
硝子に映りこんだ
雀の影を
ただ
なんども
ふき消そうとして

しろい
レース編みの

テーブル・クロスには
煙草の脂が
染みついている
まるで
時間から剝がれおちた
あのひとの残像が
いや、
それこそは
朝がくるたびに
更新される
老いた電話機の
ベルだ

落雷のある日
その鏡
落日の、落葉の壁にもたれ
薄いクラヴサンは
輪郭のない
亡霊たちのくち
オレンジいろの影に
羽根を奪う
落雁の首
みだら
釣瓶に萩や紫の血がたれ
しゃがんでは
みな地質学に溺れ
また流れ

悪態の花が
忘れないでと乞うと
(tintinnabuli) まだ
トロイカの懐かしいながめ
石庭を得るか
罠は
河原鳩らと戯れ
やがて鍵や
水鶏の
あるかなきかの乾いた蹼にも
ふくれ、臍
探しにでては
霞む山蔭を渓へといそげ
遠く、丘陵地帯に泳ぐ

ときの谺、精緻な
無慈悲な
ひどく幼気なイコン騒ぎ
和紙の鹿、彼ら
恒星系に綱を
舫い、その数もさらに
エンドルフィン味の
接岸の方途
ワヤンのみせる幻影を失い
腕もなく
植物祭祀に風を
よび、Syrinx の密度
ワニスの牧歌

葡萄畑での殺人
いや、殺害されたのはマドリガルだ
神秘主義の姦淫について、
それは捕鯨十字座の真下にて起きる
躑躅の笑窪にきらめく朝露
点描的な毎日
あかあかと燃える太鼓
うちあげられた巨大な半月型の
超高層ビル
そのエリダヌスの氾濫のみぎわで
腹を空かせた油彩画が
やけに（よろめく）
潰れている

Lijnen、花の
漆かラフレシアにも
通話記録はある
交換手の供述によれば、ある朝
静寂の裏側へと消えていった
影の断片を
彼はあつめていた
さざなみ、鈴の音や
その日の食事についての記述を曖昧に
隠蔽していった
La Follia、白亜紀からの電報が
とどく、さまよえる

回游魚たちの
遭難信号をたずさえて
かぶれた手を殺め
あいさつの木蔭で踊っている
鍵の約束
乾いたインキに
幽かにそのにおいを嗅ぎとって
猫柳のやわらかな
尾が溶けていったよ
回想の涯て
弦のきれたフィドル、外套
わたしもまた陰欝な森の娼婦
たわんだ黄道に
つりさげられたもの

水素の音
防波堤を呑みこむ炭酸水の
ペン尖、思想
はらはらと脹れた夢のなかのベテルギウスを噛む
剃刀の辿った山小屋、
脚がおれて頽れたテーブルのうえに
ひらかれた電話帳が羽搏いて
そのときあなたがたはどこへいこうと
していたのか、とつねに問い
つづけていたのに、左右に
軽蔑を徴した視線を
のばしている政治犯たちのあくびが
隔離された檻
やわな金網越しに

だからわたしはあれほど
Öまたはøと吐く
それは連帯の証だとでもいうように
深夜、
自殺植物の薄い
葉が収容されたメロンの
やわらかく、
脂質の多い
過剰な、防衛のための、
鎮静効果が見こめる
とされた、
能書きがキャメルいろの革製の鞄から
泳ぎだす
テロメア、それか

拼音

ひどく無防備な
駈けだす坐剤
ほそく垂れる瀧の絵のまえの牝鹿の剝製の絵、
それらが焼け爛れた悪臭と
生活を痙攣させ
溶けた日づけをふたたび結合させる

あたらしい膠、
ふるい鈴蘭いろのゴム、
彼らのようにきわめて淫蕩な芸術家というものの
趣味の悪い寝相も
ヴィオラ・ダ・ガンバの腕の長さを
髣髴と、だったか、
もう少し違った風あいを
みせて芽キャベツがならんだ
葦原に
ジュゴン、
眼があまり鮮明ではない
春には韮のたばが
(罫線をまたいで叔父が)
演じられる

ハイエナの印象

吐息、

潰れた鼻づらから滴る血の持ち主を探して
なかば（朽ちた屍骸）のまわりに生えはじめた
イネ科植物の花穂に
なでられ、灌木の痩せたたたずまいも
薬包紙のすみにひろがっていた
若葉にもあまり
おもいいれがないので、
藻類が堆積しているあたりの
堀端でひとを待つ
檻のなかには腥い獣の
あれはなんという街でのことだったか、
罐詰めのふちで小指をきってしまい
砂糖漬けの睾丸が
よく育っている

曇った艶が、ひとつの泡粒の表面で
息を殺して
瞼をこすっていた
首環にくくりつけられた
ひとびとらの名札が
すずしげな音をならしている
明日、つぎに
訪れるはずの海辺の村の
光景を、ひとたび
おもいだそうとする
昨日からの明滅
おぼつかない煙が描く名、
中途で、
棄てた雨傘のいろを

あの蛇行する川のへりで
目撃したのか

イオニア風の茶室に
雪が、黒猫の背にふりつもっている
海のうえに建つ
藺草のつよい薫りに噎せて
育つ茸類の
あかるい胞子にくるまって寝る
きらいなバッハの合唱が
波濤に翫ばれて
残響している鯒のくち
こまかな泡の
きらめく薄膜を壊す
すこしは暖かくなっただろうか

硫黄が流した涙
琥珀にとじこめられた鶩
蜜柑いろの説法をころがす傷痍軍人の
ちぎれた右脚だ
動脈瘤だ
カッパドキアに燕は飛ぶか
蒼褪めた馬にまたがった魔王は
煤で汚れた貌を少女の肌着をかぶって隠し
なお靄のなかを
くち笛を響かせて透明な
珊瑚の檻に
午を封じこめる
かれらは暗渠に棲む
宇宙塵が踊る

Lontano《ロンターノ》

二〇一八年九月三〇日　発行

著　者　榎本　櫻湖
発行者　知念　明子
発行所　七　月　堂
〒一五六―〇〇四三　東京都世田谷区松原二―二六―六
電話　〇三―三三二五―五七一七
FAX　〇三―三三二五―五七三一

印　刷　タイヨー美術印刷
製　本　井関製本

Printed in Japan
ISBN 978-4-87944-339-7 C0092